Förkylningsmördaren

Martin Lundqvist

Published by Martin Lundqvist, 2020.

This is a work of fiction. Similarities to real people, places, or events are entirely coincidental.

FÖRKYLNINGSMÖRDAREN

First edition. December 8, 2020.

Copyright © 2020 Martin Lundqvist.

Written by Martin Lundqvist.

Förkylningsmördaren

"Nej! Mormor! Varför dog du så ung? "
Den veke hipstern Nathan Mortimer torkade en tår från ögonen med sin ansiktsmask och avslöjade det grönfärgade skägget som doldes av masken. De få gånger Nathan hade reflekterat över sin mormors bortgång hade han alltid sett det som ett Hollywood-ögonblick. I hans vision hade hela familjen samlats vid hennes dödsbädd för att höra hennes sista ord. Verkligheten var mycket mörkare. Nathans föräldrar befann sig i en annan delstat och de hade inte för avsikt att återvända till Victoria och hamna under husarrest för att se den gamla damen stryka med. När det gällde Nathan så hade han kommit för sent till sjukhuset. Att spendera sina sista pengar på kaffe med sojamjölk hade varit ett oklokt drag eftersom han inte hade råd med en taxi-resa till sjukhuset.

En läkare närmade sig Nathan och talade:

- Så du måste vara Emmas barnbarn? Jag är ledsen för förlusten av din mormor, men jag kan försäkra dig om att hon inte led.

Läkarens nonchalanta attityd gjorde Nathan förargad och han utbröt:

- Mmphhr, fuckmws, hmmph.

Läkaren gav honom en förvirrad blick och svarade:

- Ursäkta mig?

Nathan tog av sig ansiktsblöjan och svarade:

- Jag är ledsen. Jag kan inte prata ordentligt genom ansiktsmasken när jag är upprörd.

En sjuksköterska kom rusande med en ny ansiktsmask, men läkaren viftade bort henne, tog av sig masken och gav Nathan ett sympatiskt leende. Doktorn sa:

- Jag förstår. Det är svårt att förlora någon. Hon levde dock längre än de flesta och hon dog fridfullt. Stod du henne nära?

Nathan reflekterade över sitt svar. Han hade aldrig stått sin mormor nära eftersom hon kom från ett östeuropeiskt kommunistland och hon hade en bred utländsk accent. Värst av allt var att hon ogillade kommunism och den självut-nämnda högsta ledaren för delstaten Victoria, Danielle Anderson. Nathan:

- Inte riktigt. Men det är svårt att förlora någon så tidigt. Jag trodde att vi skulle ha många år på oss att reparera vårt trasiga förhållande.

Läkaren gav Nathan en förvirrad blick och svarade:

- Förlora någon så tidigt? Emma var 95 år gammal och hon hade can-cer, diabetes och njursvikt. Det är ett mirakel att hon levde tillräckligt länge för att dö av Coldvir-20.

Nathan:

- Jag tror inte på mirakel. Jag förlitar mig bara på Marx-ideologier, "vetenskapen" och könsneutrala badrum.

Läkare:

- Åh, så du är en sån där radikal människa? Jag måste se till mina andra patienter, men sjukhuset kommer att kontakta dig så att du kan ordna din kära mormors begravning.

Med detta sagt, rusade läkaren iväg då hon insåg att det var meningslöst att argumentera med en arbetslös radikal hipster och för att hon faktiskt hade ett jobb att utföra.

Nathan gav läkaren en dödsblick och känslor av passiv aggressiv progres-sivism överväldigade honom. Nathan ville hämnas. Men hur kunde han göra läkarens liv eländigt genom att utnyttja bojkottkultur? Läkaren hade inte varit rasistisk, homofobisk eller förnekat klimatförändringar. Att bagatellisera tragedin i mormor Emmas död kunde orsaka lite uppståndelse på Reddit. Men eftersom läkaren hade ett jobb skulle hon förmodligen inte läsa innehållet vid Nathans vänsterforum.

När Nathan reflekterade över sin hämnd fick han syn något avgörande. Det var en lista över personer som hade testat positivt för förkylningsvirus-20 i Brunswick, Victoria den senaste månaden. Hans mormor hade bott på ett vårdhem i Brunswick och en av personerna på denna lista kunde vara den slarviga vetenskapsförnekaren som mördade Nathans mormor genom att sprida det hemska viruset. Uppfylld med ett nytt syfte tog Nathan listan, fast besluten att hitta sin mormors mördare.

DELSTATENS PREMIÄRMINISTER Danielle Anderson, även känd som diktator Danielle, försökte hålla ett strängt och allvarsamt ansiktsuttryck, fastän hon bubblade av glädje på insidan, när hon gav den dagliga presskonferensen framför sina lojala journalister från pressen. Hennes lojala överläkare, professor Button, som inte var en riktig professor, hade testat tillräckligt många äldre för att hitta 650 personer som var smittade med förkylningsvirus-20 när de dog. 650 var ett idealiskt nummer. Det var tillräckligt med dödsfall för att rättfärdiga en CCP-inspirerad polisstat ledd av Danielle. Samtidigt var det färre Coldvir-20-dödsfall än andra platser, vilket visade att hennes nedstängningar fungerade.

Danielle:

> - Tyvärr dog 650 personer med Coldvir-20 i augusti. Jag har gjort mitt bästa för att hålla antalet nere, men tyvärr har vi många människor som inte tror på masker och husarrest. På grund av dessa självviska människor kommer jag att be parlamentet att ge mig ännu fler befogenheter för att hantera detta fruktansvärda virus. Några frågor?

Danielle kände en ursinnig vrede när hennes rival från Sky News, Alana Tones tog av sig masken och avslöjade sitt ansikte. Alana talade till premiärministern:

- Jag har en fråga om antalet dödsfall. I augusti 2019 hade Victoria 4000 dödsfall, varav 650 dödsfall angav "ålderdom" som den främsta anledningen. I år hade Victoria 4000 dödsfall, men ingen av dem anger "ålderdom" på dödsintyget. Ommärkte "Professor" Button förra årets dödsstatistik, och ändrade "ålderdom" till "Coldvir-20"?

Danielle hade en uppenbarelse. "Professor" Button var en idiot och han visste inte ens hur man ljög med trovärdighet. En förnuftig person skulle manipulera statistik bättre än så. Då hon var en erfaren politiker och lögnare försökte Danielle ändra ämne:

- Jag gillar inte hur du antyder att gamla människors liv inte spelar någon roll. Men berätta för mig: hur många personer yngre 30 år dog av "ålderdom" förra året?

Alana gav Danielle en skeptisk blick och svarade:

- Ingen så klart. Vilken löjlig fråga.

Danielle tittade på sin presentation och var redo att svänga yxan mot Alana när hon kom till en fruktansvärd insikt. Ingen under 30 år hade dött med Coldvir-20 i augusti. Aj då. Danielle vill inte medge detta så hon sa:

- Således kan jag garantera dig att alla som är yngre än 30 år som dör av Coldvir-20 inte hade dött av ålderdom annars. Några unga människor kommer att dö snart, vilket visar att detta virus är mycket dödligt för alla. Detta markerar slutet på denna presskonferens. Jag skulle uppskatta om Sky News inte undergrävde mitt hårda arbete för att skydda viktorianerna. Med detta tackar jag för idag.

Med detta sagt satte Danielle på sig sin ansiktsmask. Tyvärr fastnade remmen till hennes ansiktsmask i hennes mikrofon, vilket fick både mikrofonen och Danielle att falla till golvet. Aj!

NATHAN MORTIMER TITTADE på presskonferensen på sin iPad hemma i säkerhet, långt borta från alla själviska pestspridare utanför. Hans socialbidrag hade hamnat på hans konto och detta fick honom att må bättre. Om en timme skulle han maskera sig och gå till ett lokalt kafé för att köpa en sojalatte. Det lokala kaféet hade billigt kaffe mellan klockan 15 och 16. Dessutom väntade färre virusspridare på kaffe vid den tidpunkten.

Danielles ord på presskonferensen hade gett Nathan ett dubbelt syfte i livet. Han kunde hämnas sin mormor genom att mörda tillräckligt många unga människor med Coldvir-20 för att bevisa att viruset var farligt för alla. Om han spelade sina kort rätt kunde Victoria vara under nedstängning i ytterligare ett år vilket skulle bana väg för den framtida kommunistiska utopin med Danielle Anderson som den högsta ledaren.

Nathan tvekade ett ögonblick. Var det moraliskt korrekt att gå på en mordturné och terrorisera 6 miljoner människor för att hans 95 år gamla mormor hade dött? Vore det inte vara lättare att återuppta kontakten med sin farmor?

Nathan tog upp sin telefon och skickade ett sms till sin farmor Loretta Mortimer: "Hej farmor. Jag har hemska nyheter. Mormor Emma dog i morse från Coldvir-20. Jag ville bara ta reda på om du mår okej?"

Några minuter senare plingade Nathans telefon med ett röstmeddelande: "Jag trodde att hon dog för många år sedan. Oroa dig inte för mig, din rosahåriga fikus. Du ingår fortfarande inte i mitt testamente. Dra åt helvete. Hälsningar Loretta"

Aj.

När han insåg att han inte skulle ärva några pengar för att fortsätta att finansiera sin parasitiska livsstil, behövde Nathan stödja ett kommunistisk övertagande för sin egen skull, lyckligt omedveten om att sanna kommunister inte heller uppskattar rosahåriga parasiter. Nathan lade till "Bli smittad av Coldvir-20 och smitta farmor Loretta för att straffa hennes homofobi" på sin att göra-lista. Därefter gick han till kaféet för att stilla sitt koffeinberoende. När koffeinabstinensen var över skulle han planera sitt första mord.

"VI BEHÖVER NÅGRA EXEMPEL på unga människor som dog av Coldvir-20!" Utropade Danielle i ett privat möte med professor Button.

Professor Button gav henne en förvirrad blick och svarade:

- Varför då och hur skulle det gå till? Tror du att unga människor dör av en förkylning?

Danielle:

- Eftersom någon tyckte att det var en bra idé att märka om statistiken för förra årets "dödsfall i ålderdom" till årets "dödsfall från Coldvir-20".

Professor Button:

- Jaså. Vem skulle göra något så dumt?

Danielle:

- Du gjorde det, professor Button.

Professor Button:

- Det kan jag inte minnas att jag gjorde?

Danielle:

- Du kan inte komma ihåg att du förstörde vårt hotellkarantänprogram heller. Den förkylningsvirus-20 infekterade eskorten Emily i rum 202 vid the Grand Chancellor Hotell har tjänat 5000 dollar under hennes tid i karantän från att knulla vakterna och poliserna som var avsedda att hålla henne inlåst.

Professor Button:

- Men du sagt åt folk att arbeta hemifrån. Emily följde ditt direktiv eller så har jag fått höra.

Danielle:

- Åh nej! Säg inte att du också har legat med henne?!

Professor Button:

- Till mitt försvar så erbjuder hon mycket konkurrenskraftiga priser, och mitt dejtande har gått dåligt på grund av våra nedstängningar.

Danielle:

- Så, förkylningen som du hade förra månaden, var det förkylningsvirus-20?

Professor Button:

- Tja, jag testades aldrig så det är svårt att veta.

Danielle:

- Din jävla idiot. Inser du konsekvenserna om jag blir smittad av denna förkylning?

Professor Button:

- Du får en rinnande näsa och du kommer att känna dig hängig i några dagar?

Danielle:

- Jag skulle se ut som en idiot. Hur kan jag skydda befolkningen från detta virus genom att införa en Kina-inspirerad kommunistdiktatur om jag inte kan skydda mig själv? Jag ger dig en chans att lösa detta "Professor" Button. Du måste hitta några ungdomar som dog med Coldvir-20, annars kommer jag att sparka dig och jag kommer att beskylla dig för hotellkarantänsdebaklet.

Professor Button:

- Förstått, premiärminister Anderson. Jag kommer att fördubbla mina ansträngningar.

Med detta sagt satte professor Button på sig sin ansiktsmask och flydde från den rasande Danielle.

NATHAN MORTIMER STOD utanför Jeffrey Wangs hus. Jeffrey var hans första avsedda offer. Jeffrey var en 28-årig advokat som var Coldvir-20 positiv och hade besökt samma kafé som Nathans mormor Emma. Kunde det vara Jeffrey som hade smittat Emma? Det var svårt att säga, men han passade kriterierna; han var ung och trodde att han var säker från det fruktansvärda viruset. Nathan skulle motbevisa honom och Jeffreys positiva Coldvir-test skulle orsaka hans död.

Nathan korrigerade sjuksköterskeuniformen som han hade stulit från sjukhuset. I ett ögonblick kände han sig som en viktig statsanställd på ett uppdrag. Sedan påminde han sig om att han aldrig hade haft ett jobb och att hans studieskuld var sex-siffrig på grund av hans magisterexamen i genusstudier.

Nathan knackade på Jeffreys dörr, och ett tag senare öppnade Jeffrey. Jeffrey var iklädd en smutsig T-shirt med matrester vid kragen. Nathan harklade sig och talade:

- Humph Im Nathanmrrtimetrer.

Jeffrey gav Nathan en nyfiken blick och Nathan kände sig förlägen. Jävla ansiktsmask, varför gjorde den det så svårt att prata? Men då kom han ihåg att ett av hans mål var att smittas med Coldvir-20 och ge det till sin homofobiska farmor, så han tog av ansiktsmasken och talade.

- Hej. Jag heter Nathan Mortimer och jag kommer från Hälsomyndigheten. Jag är här för att följa upp din förkylningsvirus-20-diagnos.

Jeffrey:

- Jag trodde att jag var avsedd att självisolera. Varför står en myndighetsperson utanför min dörr utan munkorg?

Nathan:

- För att jag har med mig en ny experimentell mirakelmedicin, donerad av våra vänner i det kinesiska kommunistpartiet. Jag tog medicinen, och jag blev omedelbart botad från Coldvir-20.

Jeffrey:

- Men jag vill inte bli botad. Jag har ett bekvämt och välbetalt myndighetsjobb där jag kan "arbeta hemifrån" så länge jag inte testar negativt för Coldvir-20. Att ha en lätt förkylning är bättre än att arbeta.

Nathan:

- Som statsanställd måste du ta nya experimentella läkemedel för att hjälpa premiärminister Danielle Anderson att utrota Coldvir-20.

Jeffrey:

- Jaha. Ge mig medicinen då!

När han hörde detta drog Nathan ut sprutan med gift som han hade stulit från sjukhuset. Han var på väg att injicera Jeffrey när Jeffrey avbröt honom.

- Hallå? Varför står det "Coldvir-20-behandling för äldre" om detta är ett nytt experimentellt läkemedel för ungdomar?

Nathan:

- Åh, det är bara ett stavfel. Google Translate blandade ihop översättningen från kinesiska när vi skrev ut etiketterna. Det är tänkt att säga "Coldvir-20-behandling, inte för äldre".

Jeffrey:

- Det verkar rimligt. Google Translate gör så ibland.

Nathan log, nickade och injicerade Jeffrey. När Jeffrey kollapsade till golvet kände sig Nathan stolt. Han hade genomfört sitt första mord och han var ett steg närmare att hämnas sin mormor och underlätta ett kommunistiskt övertagande i Victoria.

"ORDFÖRANDE DANIELLE. Jag har utmärkta nyheter. "

Danielle Anderson tittade upp från sitt skrivbord och såg "Professor" Button som hade gått in på hennes kontor utan ansiktsmask. Hon gav honom en sträng blick och svarade:

- Hur vågar du komma in på mitt kontor utan en ansiktsmask? Du borde vara i karantän efter ditt skattefinansierade möte med horan Emily.

Professor Button:

- Jo, men jag har så goda nyheter att dela med dig. Vi hittade äntligen en ung person som dog med Coldvir-20.

Danielle:

- Det här råkar inte vara Jeffrey Wang som mördades av en falsk sjuksköterska som injicerade honom med stulna regeringssanktionerade opiumöverdoser?

Professor Button:

- Hur visste du detta?

Danielle:

- Polischefen berättade för mig. De hittade en spruta med "Coldvir-20-behandling för äldre" bredvid Jeffreys kropp utan hans fingeravtryck på den. Dessutom filmade våra spiondrönare en falsk sjuksköterska som gav Jeffrey giftet.

Professor Button:

- Detta är goda nyheter. En vettvillig seriemördare kommer att öka dödsfallen bland yngre och vi kan motivera ytterligare sex månaders nedstängning.

Danielle:

- Men hur gör vi med poliskommissionär Smitton?

Professor Button:

- Be honom att inte undersöka mordet. Han bör fokusera polisens resurser på att arrestera människor som inte bär masker eller människor som gnäller online om ditt styre.

Danielle:

- Detta är en genial plan, Button. Det är därför jag gav en analfabetisk lismare en hedersprofessorstitel. Låt oss dricka champagne och fira vårt första unga dödsoffer från Coldvir-20.

Professor Button:

- Med många fler på väg? Muahaha

Danielle:

- Ja. Muahaha

Efter att ha sagt detta, öppnade Danielle en flaska champagne och de tillbringade nästa timme med att dricka och skratta ondskefullt.

"VI KAN INTE SLÄPPA in dig vid Grand Chancellor hotellkarantänsanläggning om du inte har ett giltigt medicinskt ID. Det finns ett rykte om en falsk sjuksköterska som mördar Coldvir-patienter." Berättade en ointresserad polis för Nathan.

Nathan lämnade platsen. Att mörda eskorten Emily var avgörande för hans planer att hämnas sin mormor och bevisa att Coldvir var farligt för ungdomar. Hon var trots allt den främsta källan till Coldvir-utbrottet i förorten Brunswick.

Nathan hade en uppenbarelse. Medan han inte kunde få tillgång till hotellet som en falsk sjuksköterska, så kunde han försöka smälta in som en falsk väktare. Efter att ha kommit till denna slutsats gick Nathan till dollarbutiken och köpte en billig svart T-shirt med "vakt" tryckt på fram- och baksidan. Han köpte också en billig telefon med ett SIM-kort så att han kunde ha en falsk WhatsApp-konversation där han anställde sig som väktare vid the Grand Chancellor hotellet.

Med sin nya T-shirt och falska referenser närmade sig Nathan samma polis som tidigare. Nathan:

- Hej. Jag är här för att arbeta som väktare på andra våningen. Här är textmeddelandet från killen som anställde mig.

Polisen tittade på texten, gav Nathan en skeptisk blick, och svarade:

- Försökte du inte smita in som en falsk sjuksköterska för bara en timme sedan?

Nathan:

- Absolut inte, det måste ha varit någon annan.

Polis:

- Jag förstår. Ni jävla hipsters ser likadana ut alla ihop. Kom in.

Nathan tänkte tjafsa om polisens anmärkning, men han ville inte dra på sig uppmärksamhet när han var där för att begå ett mord så han höll sig lugn och gick in.

När Nathan kom till hotellets andra våningen närmade sig den arabiska vakten Abdullah honom:

- Hej mannen. Varför är du här? Detta är ett begränsat område, bror.

Nathan:

- Jag är här för att arbeta som väktare. Mahmoud skickade det här SMS-et till mig.

Abdullah tittade snabbt på Nathans telefon, gav honom en nick, och svarade:

- Åh, jag trodde att du var en av Emilys kunder. Jag antar att jag går på en rökpaus då.

Med detta sagt tog vakten hissen ner till lobbyn och Nathan var fri att närma sig Emilys rum.

Nathan knackade på Emilys dörr och hon öppnade. Emily talade:

- Arbetar du här eller har du kommit för att köpa Coldvir-20-specialen? Den kostar $99 för en timme.

Nathan var emot köp av sexuella tjänster, och dessutom var han pank, så han svarade:

- Jag jobbar här.

Emily:

- Okej, jag ger dig 15 minuter gratis. Gör det snabbt. Min bästa kund, Professor Button, kommer om en timme.

När han såg Emily klä av sig hade Nathan ett moraliskt dilemma. Som student i genusstudier var det klanderligt att han besökte en prostituerad. Å andra sidan var han en oskuld som var på väg att bli en seriemördare så han hade redan kastat ut moralen genom fönstret. Efter att ha legat med Emily, kvävde Nathan henne med en kudde, stal hennes pengar, och lämnade hotellet.

DANIELLE ANDERSON DRACK rött vin och läste det kommunistiska manifestet i sin skattefinansierade herrgård när professor Button stormade in. Som vanligt bar han ingen ansiktsmask. "Skiten som jag måste stå ut med," mumlade Danielle för sig själv när Button rusade fram till henne och utropade:

- Eskorten Emily är död. Någon våldtog och mördade henne.

Danielle nickade och svarade:

- Emily var källan till Brunswick Coldvir-utbrottet, eller hur? Var hon fortfarande Coldvir-20 positiv?

Professor Button:

- Ja, om vi skruvar upp antalet cykler på PCR-testet. Emily var positiv efter cykel 70 på sitt sista test.

Danielle:

- Det är bra nyheter. Två personer under 30 år har dött med Coldvir-20 på en enda dag. Vi gör framsteg.

Professor Button:

- Men hon mördades och vi vet vem hennes mördare är. Vårt ansiktsigenkänningsprogram identifierade en viss Nathan Mortimer som både den falska sjuksköterskan som dödade Jeffrey och den falska väktaren som dödade Emily.

Danielle:

- Vi måste hemligstämpla den här utredningen. Vi kan inte gripa Nathan förrän jag har övertygat parlamentet om att ge mig ytterligare sex månaders krisbefogenheter. Efter det kan vi skriva en rättelse där vi medger att en seriemördare orsakade våra Coldvir-dödsfall.

Professor Button:

- Förstått. Men vi måste straffa Nathan för att han dödade Emily. Hon var så ung, livlig och bra i sängen. På tal om det, har du något emot om jag stannar här och delar en flaska rött vin med dig?

Danielle:

- Ja den idén ogillar jag. Lämna genast min herrgård, professor Button.

Efter att ha blivit tillrättavisad av sin fruktansvärda chef, flydde professor Button herrgården.

NATHAN MORTIMER UPPLEVDE orgasmiska känslor av lycka och strök en kopia av Maos röda bok medan han tittade på den senaste Danielle Anderson presskonferensen. Med två dödsfall de senaste 24 timmarna hävdade Danielle att nedstängning var avgörande för att rädda mänskligheten från utrotning. Om några dagar skulle nedstängningarna förlängas med ytterligare sex månader och detta skulle krossa kapitalisterna och bana vägen för det socialistiska paradiset.

Nathan var dock inte nöjd med endast två Coldvir-dödsfall. Han hade högre mål. På listan över Coldvir-smittade i Brunswick fanns det tre personer som Nathan gick på gymnasiet med. De var fattiga narkomaner som bodde i en nedstängd socialbidragslägenhet nära hans avlidna mormors vårdhem. Emma brukade klaga på marijuanarök från socialbidragslägenheterna. Kanske hade viruspartiklarna följt med röken och smittat hans mormor.

Nathan rakade av sitt gröna skägg och han tog på sig en huvtröja med ett inhemskt hiphop-märke. Om han skulle passera poliserna som bevakade det sociala bostadskomplexet, behövde han smälta in. Han använde en etikettmakare för att skriva ut nya etiketter för giftet och skrev över "Coldvir-20-behandling för äldre" med en etikett som sa "Bra knark, mannen'

Efter att ha förberett sin plan, gick Nathan mot det sociala bostadskomplexet. När han nådde lägenhetskomplexet närmade sig en polisman och talade:

- Hej, är du inte Nathan Mortimer? Varför rakade du av dig skägget?

Nathan stelnade till. Hur kunde polisen känna igen honom genom hans ansiktsmask? Betydde detta att de visste om hans andra mord? Nathan bestämde sig för att prova en bluff:

> - Jag ger samtalsterapi till fångarna, hm invånarna i detta hus. Du vet, för att hålla dem mentalt friska och förhindra självmord.

Polis:

> - Socialassistenter jobbar inte mitt i natten.

Nathan:

> - Uhm, jag säljer droger så att fångarna, hm -invånarna inte dör av heroinabstinens. Det är en fråga om liv och död.

När han hörde detta drog polisen sin pistol och utropade:

> - Upp med händerna skitstövel. Lägg dig ner på marken.

Nathan suckade. Om han blev gripen kunde den kommunistiska revolutionen misslyckas, vilket skulle vara ett så fruktansvärt resultat för folket i den underbara delstaten Victoria.

Ett ingripande inträffade som hjälpte Nathan att återta kontrollen. Någon ringde polismannen och när hans samtal var avslutat närmade han sig Nathan:

> - Ledsen för besväret, herr Mortimer. Poliskommissionär Smitton har precis utfärdat ett passerkort åt dig till byggnaden.

Nathan log och svarade:

> - Tack, konstapeln. Du gör delstaten Victoria en stor tjänst.

Med detta sagt tog Nathan hissen till våning 12 i det sociala bostadskomplexet där hans nästa offer, Sharika-bröderna, bodde.

När Nathan knackade på dörren öppnade Brendan Sharika dörren och den skarpa lukten av hasch och svett nådde Nathans näsborrar. Brendan stirrade förvånat på honom och utropade:

- Nathan Mortimer. Det var som fan. Vad gör du här din fjolla?

Nathan:

- Danielle Anderson skickade mig för att kompensera er för att hon försatte er under husarrest. Jag har med mig morfinsprutor som håller hög sjukhusklass.

Brendan:

- Tack kompis. Kom in och säg hej till grabbarna.

Nathan steg in i rummet och till hans stora lättnad befann sig de två andra bröderna i lägenheten. Ingen ifrågasatte varför Nathan gav dem gratis droger, och ett tag senare låg Sharika-bröderna döda på lägenhetsgolvet. "Trippelmord," mumlade Nathan och lämnade våningen.

"MWAH"
Professor Button upplevde en blandning av chock och glädje när premiärminister Danielle Anderson kysste honom under morgongenomgången. Han kysste hennes stora öra innan han viskade:

- Vi kan göra mer än att kyssas, premiärminister Danielle.

Danielle tog ett steg tillbaka och svarade:

- Nej, det behövs inte. Jag är bara så glad att ytterligare tre unga dog av Coldvir-20 igår natt. Ett hattrick!

Professor Button:

- Hur gick det till?

Danielle:

- Nathan Mortimer. Han är ett sådant geni. Han smög in i det ned-stängda sociala bostadskomplexet i Brunswick och dödade tre smit-tade narkomaner med stulna Coldvir-20-behandlingssprutor för äl-dre. Om han inte vore en störd mordisk galning skulle jag vara kär.

Professor Button:

- Så, vad händer nu?

Danielle:

- Omröstningen om mina nödbefogenheter är i morgon. När jag har vunnit ytterligare sex månader av diktatur kommer jag att instruera poliskommissionär Smitton att gripa Nathan Mortimer.

Professor Button:

- Det verkar som om du har allt under kontroll. Ska jag be mina män att fortsätta testa döende äldre för Coldvir-20?

Danielle:

- Självklart. Stoppade du någonsin?

Professor Button:

- Ja, jag trodde att målet var att döda unga människor nu?

Danielle:

- Argh. Du är hopplös. Jag befaller dig att resa till Brunswick och be-handla patienter på det lokala vårdhemmet på en gång. Jag behöver dessa dödsfall för min presskonferens. Hej då!

NATHAN MORTIMER VAKNADE med ont i halsen och detta fyllde honom med glädje. Efter att ha mördat Coldvir-20-infekterade patienter hade han äntligen smittats av det svårfångade viruset. Det var dags att besöka och smitta hans homofobiska farmor, Loretta.

Nathan körde till Lorettas herrgård i Toorak. Det var dåligt för hans rykte som en vänsterprogressiv man, att hans farmor var rik och homofobisk.

Nathan knackade på Lorettas dörr och hon mötte honom i dörren. Loretta studerade Nathan, log och talade:

- Så har du äntligen rakat av det hemska gröna skägget? Nu måste du bara klippa dig och klä dig ordentligt och sedan kan du hitta ett riktigt jobb.

Nathan:

- Det kommer aldrig att hända, farmor. Kampen mot global uppvärmning och för könsneutrala badrum är alldeles för viktigt för att jag ska kunna arbeta för kapitalisterna som exploaterar arbetarna.

Loretta:

- Jaha. Då får du inte något arv då. Så varför kom du?

Nathan luktade en blomma för att utlösa sin pollenallergi och sedan nös han sin farmor i ansiktet. Attjo!

Nathan:

- Jag kom för att berätta att jag är infekterad med förkylningsvirus-20 och snart blir du det också. Dina pengar och din kapitalism kan inte rädda dig från detta.

Loretta:

- Jävla fejk-kommunist. Det enda du delat med dig av i ditt liv är dina förkylningsvirus. Stick härifrån!

Nathan flinade och lämnade Lorettas herrgård. Han hade straffat henne för hennes homofobiska och kapitalistiska ideal. Han skulle bli en hjälte på sitt Reddit-forum.

Tyvärr för Nathan bidrog hans förkylningsvirusinfektion till hans död. Han nös medan han körde förbi ett rödljus och krockade med en lastbil. Vila i frid, Nathan.

DANIELLE ANDERSON DROG en djup suck av lättnad när hon fick reda på Nathans död innan hon gav sin dagliga presskonferens. Eftersom Nathan var död fanns det ingen polisutredning längre, och hon kunde fortsätta charaden att Coldvir-20 hade dödat fem ungdomar på fyra dagar. När hon kom in på presskonferensen frågade hennes rival, den politiska reportern Alana Tones henne:

- Premiärminister Anderson. Har du någon kommentar till poliskommissionär Smittons uttalande att dina senaste förkylningsvirus-20-dödsfall egentligen mördades av den psykotiske galningen Nathan Mortimer?

Danielle stirrade på kommissionär Smitton i misstro. Varför hade han avslöjat sanningen dagen innan hennes diktatoriska krafter trädde i kraft? Smitton log mot henne, och Danielle insåg hennes misstag, att anställa inkompetenta lismare kunde ibland straffa sig.

”Dags att tillämpa nödplan 2B.” Tänkte Danielle och hon simulerade en hostattack. Hosta! Hosta! Hosta!

Danielle:

- Å nej, jag har smittats av Coldvir-20 och jag anser att alla i det här rummet är nära kontakter. Ni måste alla försättas i hotellkarantän.

Med detta sagt lämnade Danielle rummet medan hennes hälsoinspektörslakejer stormade in och grep alla. Danielle utnyttjade förvirringen till sin fördel, och körde till flygplatsen där en privatjet tog henne till Kina.

NÅGRA DAGAR SENARE träffade Danielle Anderson ordförande Jing Xi
från det kinesiska kommunistpartiet. Danielle böjde sig framför Jing Xi och ta-
lade:

- Tack för att du beviljade mig asyl i Kina, ordförande Xi. Jag var så
nära att uppnå våra mål för Australien.

Jing Xi:

- Det är okej, Danielle. Du uppnådde mer än vi trodde att du skulle
göra. Victoria och Australien kommer att bli våra.

Danielle:

- Jag är glad att höra det, ordförande. Har du några viktiga jobb för
mig att göra här?

Jing Xi:

- Ja. Du kan donera dina organ till min älskarinna Sara och till hennes
mamma Michelle. En hedervärd uppgift.

Danielle:

- Men vänta, kommer det inte att döda mig?

Jing Xi:

- Ja. Muahaha.

Danielle:

- Nej! Snälla benåda mig.

Jing svarade inte. Istället stormade hans lakejer in och grep tag i Danielle, så att hon kunde fortsätta tjäna det Kinesiska Kommunistpartiet genom att donera sina organ till Jing Xis älskarinnor.

Slut.

Don't miss out!

Visit the website below and you can sign up to receive emails whenever Martin Lundqvist publishes a new book. There's no charge and no obligation.

https://books2read.com/r/B-A-QIOG-ZGQKB

BOOKS 2 READ

Connecting independent readers to independent writers.

Also by Martin Lundqvist

Divine Space Gods
Divine Space Gods: Abraham's Follies
Divine Space Gods II: Revolution for Dummies
Divine Space Gods III: Rangda's Shenanigans

La Trilogica Divina Zetan
La Divina Disimulación

Sabina räddar framtiden
Sabinas jakt på den heliga graalen

Sabina Saves the Future
Sabina's Pursuit of The Holy Grail
Sabina's Quest to Open the Portal in the Sun Pyramid
Sabina's Expedition to Stop the Apocalypse

The Banker Trilogy
The Banker and The Dragon
The Banker and the Eagle: The End of Democracy

The Divine Zetan Trilogy
The Divine Dissimulation
The Divine Sedition
The Divine Finalisation

Standalone
Matt's Amazing Week
James Locker The Duality of Fate
The Portal in the Pyramid
Money Laundering in the Laundromat
Pyramidportalen
Matts Fantastiska Vecka
Divine Space Gods Trilogy
Sabina Saves the Future: Complete Trilogy
Diez Historias Aleatorias y Muy Cortas
Ten Random and Very Short Stories
10 zufällige Kurzgeschichten Volumen 1
Dieci Storie Casuali e Molto Brevi
Dix Histoires Aléatoires et Très Courtes
Cinco Historias Aleatorias y Muy Cortas
Five Random and Very Short Stories
The Fall of Martin Orchard
Masa Depan Putri Sabina
La Caída de Martin Orchard
El Banquero y el Dragón
A Sedição Divina
Dieci storie casuali e molto brevi. Vol 2
Δέκα Τυχαίες και πολύ Σύντομες Ιστορίες Volume 2
The Coldvir-20 Killer
10 zufällige Kurzgeschichten Volumen 2
Förkylningsmördaren

Watch for more at martinlundqvist.com.